LES ALCHIMISTES,

OU

FOLIE ET SAGESSE,

OPÉRA BOUFFON

EN UN ACTE ET EN PROSE.

LES PAROLES DE M. MOLINE,

LA MUSIQUE DE M. CARPENTIER.

Représentée, pour la première fois, à Paris, su le Théâtre de la rue de Louvois, aujourd'hui de l'Impératrice, en 1788, et pour la seconde fois, sur le Théâtre des Elèves, rue de Thionville, en 1806.

A PARIS,

Chez ALLUT, Impr.-Libraire, Propriétaire du Journal de la Vraie Théorie Médicale, rue de la Harpe, n° 93, Collége Bayeux.
Et chez MARTINET, Libr., rue du Coq-Honoré.

1806.

PERSONNAGES.	ACTEURS.
Le Baron de VÉGÉTAL.	M. Ozanne.
NICETTE, fille de Végétal.	Mlle Pauline.
Le baron de CREUSILLAR.	M. Fontenay.
AGATHE, femme de Creusillar.	Mlle Savigny.
LINDOR, fils de Végétal.	M. Grévin.

Un Notaire , *personnage muet*
Troupe de Villageois.
Troupe de Villageoises.

La Scène est dans la Suisse.

LES ALCHIMISTES,

SCÈNE PREMIÈRE.

(La scène se passe au point du jour qui paraît insensiblement).

NICETTE *seule, sortant de sa maison.*

CAVATINE.

J'ENTENDS la fauvette
Qu'éveille l'amour ;
Et sa chansonnette
Annonce le jour.
Déjà la lumière
Fait briller les fleurs,
Et rend à la terre
Ses vives couleurs.

La rose naissante
Entr'ouvre son sein
Le rossignol chante
L'astre du matin.
Toute la nature
Rend hommage aux dieux :
Sa riche parure
Enchante nos yeux.

(Lindor sort de sa maison et aborde Nicette avec transport).

SCÈNE II.

LINDOR, NICETTE.

LINDOR.

Duetto.

J'accours à tes accens!

NICETTE, *avec émotion.*

Lindor!.. Quels doux momens!

LINDOR.

L'amour, chère Nicette,
Va calmer les tourmens
De notre ame inquiète.

NICETTE.

Quel sera notre sort ?...

LINDOR.

Le notaire est mandé : nos parens sont d'accord,
Et notre hymen s'apprête.
Partage mon transport ?...

NICETTE.

Ils tiennent leur promesse ?
Quel espoir enchanteur !

LINDOR.

Oui, que ta crainte cesse
Dans ce jour de bonheur.

Ensemble.

Quel charme ! quelle ivresse,
S'emparent de mon cœur !

NICETTE.

Ils tiennent leur promesse ?...
Quoi ! nos parens sont bien d'accord !

LINDOR.

Dans ce jour notre hymen s'apprête !

NICETTE.

Pour notre amour quel heureux sort !

LINDOR.

L'hymen va m'unir à Nicette !

Ensemble.

Quel charme ! quelle ivresse
S'emparent de mon cœur !
Ah ! quel espoir ! ah ! quel bonheur !

NICETTE.

Mon père est dans son laboratoire, où il travaille à une opération chimique qui l'a occupé pendant toute la nuit : j'ai saisi ce moment favorable pour me rendre auprès de toi ; et malgré sa vigilance, j'ai sorti de la maison sans qu'il ait pu s'en appercevoir.

(5)

L I N D O R.

Eh bien, mon père, à l'exemple du tien, s'oc-
cupe à souffler ses fourneaux , croyant y découvrir
la pierre philosophale... Ils nous laissent enfin la li-
berté de nous entretenir de nos amours : nous n'é-
prouverons plus leurs contrariétés , et notre mariage
n'aura plus d'obstacles à redouter.

N I C E T T E.

Ah Lindor ! malgré leurs promesses , ne nous
flattons pas encore de jouir de ce bonheur. Quoique
mon père se soit réconcilié avec le tien , je crains
toujours que leurs folles prétentions ne les brouillent
ensemble d'un moment à l'autre.

L I N D O R.

C'est , au contraire , ce qui doit nous rassurer....
Comme ils sont persuadés qu'ils feront , chacun de
leur côté , quelque grande découverte , cette con-
fiance flatte leur amour-propre , et détruit la jalou-
sie que leur science prétendue leur inspire... Il ne
s'agit plus à présent que de les maintenir dans leurs
bonnes dispositions à notre égard.

N I C E T T E.

Pour moi , j'y emploierai tous mes soins.

L I N D O R, *vivement.*

Et moi aussi, je te le jure... Ah ! combien il me
tarde de nous voir unis !...

N I C E T T E, *tendrement.*

Je le desire autant que toi !

VÉGÉTAL , *dans sa maison , et qu'on ne voit pas,*
Nicette ! Nicette !

N I C E T T E, *émue.*

O ciel ! mon père m'appelle !... Adieu, Lindor :
nous nous reverrons.

(*Elle rentre dans sa maison.*)

S C È N E   I I I.

L I N D O R *seul.*

ENFIN mon esprit est tranquille ! j'obtiendrai
bientôt l'amante que j'adore !... Tout concourt au-

jourd'hui à ma félicité ! J'apperçois M. Végétal....,
cachons-nous pour l'épier.

(*Végétal sort de chez lui en parcourant la scène
avec agitation.*)

SCENE IV.

VÉGÉTAL, LINDOR, *caché.*

VÉGÉTAL, (*à part.*) *tenant une petite fiole à sa
main.*

AH ! quelle heureuse découverte ! je suis au
comble de la joie !...

LINDOR, (*à part.*)

Comme il paraît enjoué ! tâchons d'en savoir le
sujet.

VÉGÉTAL, (*à part.*)

Quelle fortune pour moi ! je vais enfin jouir du
fruit de mes travaux !

AIR.

De la divine Alchimie
Je possède les secrets.
Mes talens et mon génie
Sont dignes du grand Hermèz !
O prodige !... ô phénomène !
Je rendrai l'homme immort

(*Il regarde sa fiole.*)

Pour ce présent salutaire
Tous les peuples de la terre
Vont m'élever un autel.
Pour moi, quelle jouissance !
O sublime expérience !
Rien n'égale mes succès !
Je serai couvert de gloire ;
J'aurai le plus grand renom...
Dans le temple de mémoire
Je verrai graver mon nom !..

De la divine Alchimie, etc.

LINDOR, (*à part*).

Je ne l'ai jamais vu de si belle humeur ! tout va
au gré de mes desirs !

VÉGÉTAL, (*à part.*

Ah! que je suis heureux d'avoir quitté l'Allemagne pour fixer ma retraite dans ce paisible hameau... Je vais chaque jour, au lever de l'aurore, herboriser sur ces montagnes qui sont couvertes des plus précieux aromates, et j'ai ici en ma puissance toutes les merveilles de la nature !... Il faut cependant que j'instruise ma fille.... Hola! Hola!.. Nicette!.... Nicette!... (*Il écoute*). Elle ne me répond pas... Nicette !... (*A part.*) Elle a passé la nuit à côté de moi... et sans doute elle repose. (*avec humeur.*) En vérité, ces jeunes filles ne pensent qu'à dormir... Allons la réveiller ?....

(Nicette sort de la maison.)

SCÈNE V.

NICETTE, VÉGÉTAL, LINDOR, *caché.*

N I C E T T E, accourant.

Mevoilà, mon père.... que desirez-vous ?

V É G É T A L, avec transport.

Ah ! ma chère fille ! viens partager mon bonheur ! embrasse-moi ! (*Il l'embrasse.*)

N I C E T T E, d'un air joyeux.

Que vous est-il arrivé ?...

V É G É T A L.

La fortune a comblé mes vœux ! J'ai enfin trouvé ce que je cherchois depuis si long-temps !

N I C E T T E.

Ah ! j'en suis charmée.

V É G É T A L.

Tu connais cet élixir merveilleux, qui m'a acquis tant de réputation dans le monde...

N I C E T T E.

Oui, mon père.

V É G É T A L.

Eh bien, je lui ai donné la vertu de conserver la santé à l'infini, et de prolonger la vie de tous ceux qui voudront en faire usage.

NICETTE.

Serait-il possible ?...

VÉGÉTAL, *lui montrant sa fiole.*

Tiens, voilà l'expérience de ma sublime découverte... Songe à la gloire dont elle va nous cou-
vrir !...

NICETTE.

Je vous en félicite !... (*Elle regarde Lindor qui
lui fait des signes de joie.*)

VÉGÉTAL.

Ah ! quel triomphe pour moi !

NICETTE.

Lindor, mon prétendu, sera enchanté lorsqu'il
apprendra cette heureuse nouvelle...

VÉGÉTAL, *avec dédain.*

Quoi ? le fils du vieux baron de Creusillar, notre
voisin ?... Oh! vraiment, ma fille, le sort te réserve
à présent un parti bien plus illustre...

NICETTE, *étonnée.*

Comment ? auriez-vous oublié que c'est aujour-
d'hui que vous avez promis de conclure notre
mariage ?...

VÉGÉTAL.

Cela est vrai... mais j'ai changé de résolution.

NICETTE, *émue.*

O ciel ! que dites-vous, mon père ?

VÉGÉTAL.

Non ! il n'y a plus de mariage qui tienne entre
vous deux ; ainsi ne me parle plus de Lindor.

LINDOR *à part, de loin.*

O ciel ! quel affreux contre-temps !

NICETTE.

Mais... mon père... expliquez-vous, de grâce, et
apprenez-moi quel mal Lindor a pu vous faire pour
le rejeter ainsi ?...

VÉGÉTAL.

Lui ?... il ne m'a fait aucun mal... je ne m'en
plains point... il est fort aimable, et je l'estime
infiniment... mais... j'ai d'autres objets en vue, et
je te défends de le voir, et de lui parler... car... il

ne sera jamais ton époux... c'est une affaire décidée.

NICETTE, *en pleurant.*

Décidée... ah ! mon père ! je lui ai donné mon cœur... et s'il faut que je me sépare de lui, je ne m'en consolerai jamais ! (*Elle pleure.*)

VÉGÉTAL.

Je m'attendais bien que cela pourrait un peu t'affliger... Allons, allons, rassure-toi? tu seras dédommagée de cette perte plus que tu ne penses..

NICETTE, *avec dépit.*

J'en mourrai de chagrin !...

VÉGÉTAL.

Le soleil a déjà éclairé l'horizon : je vais sur la montagne cueillir quelques plantes dont j'ai besoin... Rentre dans la maison , et songe à obéir, ou crains ma colère... (*Il conduit Nicette à la porte de sa maison , et se retire.*)

SCENE VI.

LINDOR, *ensuite* NICETTE.

LINDOR, (*à part.*)

VOILA tout mon bonheur évanoui en un instant !.. mais je ne dois pas encore perdre courage... Malgré les résolutions de M. Végétal, je ne renonce pas à l'espoir d'obtenir aujourd'hui la main de mon adorable Nicette. Oui ! oui ! M. le Baron, je vous forcerai à tenir votre parole ; et je trouverai le moyen de renverser vos projets imaginaires... (*Il réfléchit.*) Il me vient déjà une bonne idée....

NICETTE , *ayant regardé du côté de la montagne, accourt vers Lindor.*)

Eh bien , mon cher Lindor... j'avais pressenti le malheur qui nous arrive !... Tu viens d'entendre l'arrêt de notre séparation ?...

LINDOR, *toujours réfléchissant,* (*à part.*)

Oui... je dois tout hasarder...

NICETTE, *en le suivant.*

Mais... à quoi réfléchis-tu ?...

LINDOR, (*à part.*) *sans l'écouter.*

Cette idée est singulière, originale... elle peut produire le plus grand effet... oui ! je ne balance plus... je vais la mettre à exécution...

NICETTE, *le retenant.*

Mais... écoute-moi ?...

LINDOR, *vivement.*

Ah ! Nicette ! je viens d'imaginer un stratagème qui forcera ton père à nous tenir sa promesse...

NICETTE.

Quoi ?... tu pourrais ?...

LINDOR.

Dissipe ton chagrin : nous serons unis dès ce jour !...

NICETTE, *avec émotion.*

Ah ! s'il était vrai !...

CREUSILLAR, *dans sa maison, et qu'on ne voit pas.*

Lindor ! Lindor !...

LINDOR, *à Nicette.*

On m'appelle !... je vais trouver ma mère pour la mettre dans ma confidence... elle n'a rien à me refuser, et tout me répond du succès !..

SCÈNE VII.

AGATHE, CREUSILLAR, LINDOR, NICETTE.

(*Creusillar, tenant à sa main un petit lingot d'or, sort de sa maison avec agitation, et Agathe court aprés lui.*)

AGATHE.

Quartetto dialogué, (*à Creusillar.*)

ARRETEZ ?.... quelle démence ?....
Qui peut vous troubler ainsi ?....

CREUSILLAR, (*parcourant la scène.*)

O sublime expérience !
A la fin , j'ai réussi !.,..

LINDOR , NICETTE, et AGATHE, (*à Creusillar.*)
Mais, qui vous agite ainsi ?...

CREUSILLAR, (*avec enthousiasme.*)

L'univers est en ma puissance !....

NICETTE, AGATHE et LINDOR, (*à Creusillar.*)

Parlez ? d'où vient ce transport ?....

CREUSILLAR.

Ah ! Nicette !.... cher Lindor !

Admirez tous ma science !....

NICETTE, AGATHE, et LINDOR.

Qu'est-ce donc ?

CREUSILLAR.

J'ai fait de l'or !....

LINDOR et NICETTE, (*ensemble.*)

Quoi !.... vous avez fait de l'or ?

CREUSILLAR.

Oui, mes enfans, j'ai fait de l'or !

AGATHE, (*à part.*)

Ah ! quel délire ! quel délire !

LINDOR, (*à Agathe.*)

Il ne faut pas le contredire.

CREUSILLAR, (*montrant le lingot à Agathe.*)

Tiens, ma femme, vois ce trésor.

AGATHE, (*avec dérision.*)

Voilà, vraiment, un beau trésor !

LINDOR.

Oui, c'est vraiment un beau trésor.

AGATHE.

Je dois pardonner son transport.

CREUSILLAR.

J'ai la pierre philosophale !

AGATHE, (*à part.*)

Oh ! sa folie est sans égale !

CREUSILLAR.

Pour jamais j'en suis possesseur !

LINDOR et NICETTE, (*à Creusillar.*)

Ah ! quel destin digne d'envie !

C'est vous seul, qui, de notre vie

Pouvez assurer le bonheur !

CREUSILLAR, (*à part.*)

Quel triomphe, quelle gloire !

J'ai la source du bonheur !

A G A T H E, (*à Creusillar.*)
L'on ne m'en fait point accroire :
Revenez de votre erreur.

L I N D O R et N I C E T T E ; (*à part à Agathe.*)
Faisons semblant de le croire :
Laissons-le dans son erreur.

A G A T H E, (*avec humeur à Creusillar.*)
Voilà donc, monsieur Creusillar, l'emploi que vous faites tous les jours de notre argent : je suis indignée de vous voir faire tant de sottises, et vous n'abuserez plus de ma complaisance. Nos revenus sont déjà à moitié épuisés, il est tems que je mette un frein à vos dépenses extravagantes.... oui oui ! je ne le souffrirai plus ! et...

C R E U S I L L A R, (*l'interrompant.*)
Mais, ma chère femme.... fais donc attention....

A G A T H E.
Non ! non ! je n'écoute plus rien.... juste ciel ! peut-on être prévenu de la sorte, et courir sans cesse après une vaine chimère !... Depuis que vous me bercez avec vos prétendues découvertes, je vois tout notre bien se consumer en charbon, et s'évaporer en fumée.... mais.... grâce à mes soins, vous n'acheverez point de nous ruiner, et je vais mettre un terme à toutes vos folies.

C R E U S I L L A R, (*avec douceur.*)
Allons, calme cette colère, et rends justice à mes rares talens une fois dans la vie.

A G A T H E, (*en le repoussant.*)
Non ! vous radotez... vous êtes un fou, un extravagant....

L I N D O R, (*à part à Agathe.*)
Ma mère, ne le contrariez point.... j'ai conçu un projet que je veux vous confier.

A G A T H E, (*bas à Lindor.*)
Quel est donc ce projet ?

L I N D O R, (*bas à Agathe et à part.*)
C'est un stratagême merveilleux qui doit concourir à mon bonheur.... laissez-moi lui parler....

(13)

A G A T H E

Eh bien, tu m'en feras part.... compte toujours
sur ma tendresse pour toi....

*(Scène muette entre Nicette et Agathe pendant
que Lindor parle à Creusillar.)*

L I N D O R, (*a Creusillar.*)

Mon père.... connaissant vos bonnes intentions
pour moi.... je suis obligé de vous faire part que
monsieur le baron de Végétal....

C R E U S I L L A R, (*l'interrompant en riant.*)

Ah! ah!.... le pauvre baron de Végétal!.... il croit
en savoir plus que moi dans les sciences occultes...,
mais.... il en est bien loin.... c'est un sot.... un
ignorant.... ah!.... ah!.... ah!.... (*il rit.*)

L I N D O R, (*feignant de l'approuver.*)

Oh! sans doute.... il n'a pas le sens commun.... je
voulais donc vous dire.... à son sujet....

C R E U S I L L A R, (*l'interrompant.*)

Il me semble que je le vois se déchaîner contre
mon heureuse étoile, et briser toutes ses fioles? ah!
ah!... ah!..

L I N D O R.

Il faudra bien qu'il prenne ce parti.... imaginez-
vous que ses prétentions....

C R E U S I L L A R, (*l'interrompant.*)

Ses prétentions?.... oh! il doit y renoncer pour
jamais; et quant au mariage projeté entre sa fille et toi.
il n'en est plus question à présent...

L I N D O R, (*étonné.*)

Quoi! mon père, après votre parole donnée, vous
voulez vous dédire?....

C R E U S I L L A R.

Oui, oui, je me dédis!.... j'en suis fâché pour
Nicette.... mais j'ai de grandes raisons pour en agir
ainsi...

N I C E T T E, (*à part.*)

Ah! que je suis malheureuse!....

A G A T H E, *à Creusillar.*

Et, moi, je souffrirais que vous rompiez leur
mariage!.... non! non! M. le Baron, vous vous en

flattez envain? je vous jure que je n'y consentirai jamais.... Comment ! j'ai fait tout préparer pour célébrer aujourd'hui leur hymen.... le notaire a dressé leur contrat.... et vous prétendriez...

CREUSILLAR, *d'un ton imposant.*

Oui, madame, je prétends marier mon fils à mon gré ?.... Eh ! de quel droit, s'il vous plaît, osez-vous ici me contredire ? méconnaissez-vous mon autorité; et ne suis-je pas le maître de disposer de Lindor à ma volonté?....

AGATHE.

Non ! votre parole est donnée ; et vous la tiendrez malgré vous....

CREUSILLAR, *avec colère et la menaçant.*

Malgré moi !... quelle impertinence ! ne m'impatientez plus, madame, ou craignez ma colère ?....

LINDOR, *les séparant.*

Ah! mon père ! je respecte l'autorité que vous avez sur moi, et je dois m'y soumettre.... mais par grâce modérez vous?....

NICETTE, *(à part.)*

Que je suis humiliée !..

AGATHE, *à Creusillar.*

Je me moque de vos menaces.... et Nicette épousera Lindor en dépit de vous...

CREUSILLAR, *avec fermeté.*

En dépit de moi! cessez de m'obstiner davantage.

AGATHE.

Oui, je vous ferai voir que j'ai plus de bon sens que vous ; et dès ce jour même ils seront mariés ; je le veux!...

CREUSILLAR, *d'un ton impérieux.*

Non! j'ai pris mon parti... taisez vous.

AGATHE, *avec ironie affectant un air de soumission.*

Ah ! vraiment, voici du nouveau....

(*Après un moment de silence.*)

CAVATINE.

S'il faut se taire
Pour vous plaire....
Eh bien... monsieur, l'on se taira,..

Mais, nous verrons dans cette affaire
Qui de nous deux l'emportera....

    Plus de colère ?...
   Oui, sans mystère
Usez d'un pouvoir absolu ;
Mais... soyez sûr qu'il faudra faire
Tout ce que j'aurai résolu.

    Monsieur... me blâme ?...
   Il s'enflamme...
Il parle en maître tant qu'il peut...
Mais, il ignore qu'une femme
(Obtient toujours ce qu'elle veut.)
(Oui, oui, ce qu'elle veut ! Mais.

    S'il faut, etc.

CREUSILLAR.

Oh ! pour le coup, c'est ce qu'il faudra voir ! mais,
en vérité, pour qui me prend-on ici !... a-t-on jamais entendu un discours plus étrange ?..

AGATHE, *à part à Nicette.*

J'étouffe de colère, et j'ai peine à me contenir.

NICETTE, *bas à Agathe.*

Ne lui répondez rien.

LINDOR, *bas à Agathe.*

Laissez-moi le soin de tout réparer ?

AGATHE, *(à part.)*

Non ! je ne me possède pas !

NICETTE, *bas à Agathe.*

Madame, par amitié pour moi, ne vous empor-
tez point ?

AGATHE, *haut.*

C'en est assez !... je ne veux plus être la victime
des caprices de mon époux ! Viens, mon cher Lindor, et rassure-toi ?... Je vais à l'instant trouver mon
notaire ; et le père de Nicette, que je connais pour
être un homme d'honneur et de probité, et qui est
incapable de manquer à sa parole, forcera bientôt
M. Creusillar à tenir les engagemens sacrés qu'il a

contractés avec lui... Venez , venez... mes enfans,
suivez-moi ?...

NICETTE, retenant Agathe.

Ah ! Madame, arrêtez, et sachez que mon père
ne veut plus consentir aujourd'hui que j'épouse
votre fils...

AGATHE.

Comment ! que m'apprenez-vous ?... Est-il bien
possible que M. le baron de Végétal, que j'estimais
infiniment , se dégage aussi de sa promesse ?

LINDOR.

Oui, ma mère... il l'a signifié à ma chère Nicette,
et j'en ai été moi-même le témoin !

AGATHE.

Ah ! quelle trahison ! il n'y a donc plus de bonne
foi parmi les hommes !

CREUSILLAR.

Il a très-bien fait , et je l'approuve...

AGATHE, avec fureur, en menaçant Creusillar.

Quoi ! vous osez vous-même approuver cette
bassesse... mais n'importe, j'en serai bientôt vengée !
je vous le jure !...

CREUSILLAR, à Agathe.

Eh bien, Madame, pestez et jurez après nous ,
tout cela ne m'affecte pas : j'ai trouvé la pierre philosophale, et par la plus riche alliance je veux
illustrer ma maison... je vais y réfléchir en silence ,
et je me retire... Adieu! (Il rentre dans sa maison.)

LINDOR à Agathe, vivement.

Ah ! je vous en conjure, ma bonne mère , ne le
quittez pas, et surtout empêchez-le de sortir de la
maison, c'est un point essentiel. Je vous communi-
querai mon projet, et avant la fin du jour nous serons
vengés du plus indigne affront !

AGATHE.

Il n'est rien au monde que je n'entreprenne pour
confondre l'insolence de ces originaux ! Ah ! mon
cher fils ! tâche de réussir dans tes projets , et je sa-
crifierai tout pour te rendre heureux ! (Elle rentre
dans sa maison.)

SCENE VIII.
LINDOR, NICETTE.
LINDOR.

NE nous affligeons plus, ma chère amie, rien n'est encore désesperé. Ma mère a tant d'amitié pour moi, qu'elle ne négligera rien pour seconder mon entreprise.

NICETTE.

Eh ! comment feras tu pour concilier les esprits de nos parens impitoyables ?

LINDOR.

Je veux tromper leurs regards sous un costume étranger; gagner la bienveillance de nos Alchimistes, et les gouverner à mon gré.

NICETTE.

Cela me paraît bien difficile.

LINDOR.

Laisse-moi faire... je vais me travestir sur le champ, et me consulter avec ma mère... attends-moi ici : je ne tarderai point à te rejoindre.

(Il entre dans sa maison.)

SCENE IX.
NICETTE, *seule.*

JE suis impatiente de voir comment tout ceci va se terminer;... mais.... j'ai tout lieu de craindre que Lindor ne réussisse pas à faire changer mon père de résolution.

AIR.

Amour ! viens dissiper l'effroi que je ressens ?..
Daigne favoriser la timide Nicette ?
  Toi seul peux calmer les tourmens
  Qu'éprouve mon ame inquiète !
A l'instant où l'hymen allait combler mes vœux ,
Un père, plein d'orgueil que l'intérêt anime.

  De ses projets ambitieux
  Voudrait me rendre la victime...
Change, ô mon père , un projet odieux ?

3

Ah ! si ta fille encore t'intéresse...
Reprends pour moi ta première tendresse,
Et prends pitié de mon sort malheureux !..,
Amour ?... etc.

SCENE X.

LINDOR, *déguisé en Armenien*, NICETTE.

LINDOR, *accourant.*

Eh bien, Nicette, comment me trouves-tu sous ce costume Armenien ?...

NICETTE.

Te voilà déguisé à merveille; et je crois que personne ne pourra te reconnaître.

LINDOR.

Je viens de me présenter à mon père en qualité de marchand orfèvre qui arrive du Mogol, et il m'a comblé de politesses.

NICETTE.

Mais... quelle est ton intention ?

LINDOR.

De lui acheter son prétendu lingot d'or; et ensuite de vanter à ton père les merveilles de son élixir.... par ce moyen, je les prends tous les deux dans mes filets; et ils seront biens fins s'ils m'échappent...

NICETTE.

Et si par malheur ils vont te reconnaître aux accens de ta voix.

LINDOR.

Je contreferai mon langage ordinaire ; je leur parlerai, tantôt Allemand, Italien, il n'en faut pas davantage pour les séduire.

CAVATINE *en rondeau.*

Jamais l'homme de génie
N'ose vanter son talent :
Pour réussir dans la vie
Il faut être charlatan.

Un costume asiatique
En impose à bien des sots :
Avec art un Empirique
Les séduit par ses propos...., Jamais, etc.

Le mérite, et la science
Ne lui font rien obtenir :
Mais l'intrigue et l'impudence
A tout nous font parvenir !

Jamais l'homme de génie
N'ose vanter son talent :
Pour réussir dans la vie
Il faut être charlatan.

(*Nicette apperçoit Végétal sur le haut de la montagne.*)

NICETTE.

Ah! Lindor! voici mon père! sauve toi!...

LINDOR.

Je vais terminer mes opérations; et dans quelques heures ma mère viendra te prendre chez toi pour te faire part d'un nouveau stratagème que l'amour m'a inspiré.... Adieu. (*Il rentre chez lui.*)

SCENE XI.

VEGETAL, NICETTE.

VEGETAL, *tenant à sa main une poignée de plantes. (A part.)*

O Divin Hermès! que ne te dois-je point!

NICETTE, *(à part.)*

Il a l'air joyeux : allons au-devant de lui.

VEGETAL, *avec humeur à Nicette.*

Que fais-tu ici, ma fille, toute seule? ne t-ai-je point défendu de sortir de la maison?..

NICETTE, *affectant un air caressant.*

Je vous attendais, mon père, avec impatience, en songeant à la renommée que vous allez acquérir dans le monde par votre nouvelle découverte.

VEGETAL.

Oh! je le crois; et il ne tient qu'à moi à présent de te marier avec un des plus puissans souverains de la Suisse.

NICETTE.

Je ne suis pas si ambitieuse.

VEGETAL.

Tu pourras choisir dans les treize cantons, et une foule de rivaux s'empresseront de partager leur fortune avec toi, lorsqu'ils sauront que je puis prolonger leur existence...... Mais,.... j'apperçois le baron de Creusillar qui sort de chez lui,.... il faut que je lui parle.... (*A Nicette.*) Tiens, Nicette, porte ces plantes merveilleuses avec beaucoup de soin dans mon laboratoire, et ne sors plus de la maison sans mon ordre.

NICETTE, (*à part en sortant.*)

Allons y attendre la mère de Lindor. (*Elle rentre.*)

(*Creusillar sort de chez lui suivi de Lindor: Nicette en sortant lui fait quelques signes pendant que Végétal examine Creusillar.*)

SCENE XII.

CREUSILLAR, LINDOR, VÉGÉTAL.

VEGETAL, *examinant Lindor.*
(*A part.*)

QUEL est cet Arménien qui le suit....Je ne l'ai pas encore vu dans ce pays.... tâchons de découvrir le sujet qui l'amène auprès du baron......

CREUSILLAR, *marchant à petits pas et tirant de ses poches une quantité d'argent qu'il compte dans son chapeau.* (*A part.*)

Mille.....quatre cents,...

VEGETAL, *l'examinant de loin.* (*A part.*)

Il compte de l'argent!

CREUSILLAR, *comptant toujours.*

Mille, huit cents....

VEGETAL, (*à part.*)

Comment a-t-il gagné tout cet or? Il était presque ruiné....

CREUSILLAR.

Deux mille.

VEGETAL, (*à part.*)

Aurait-il trouvé, par hasard, la pierre philosophale?

CREUSILLAR.

Deux mille sept cents.....

VEGETAL, *en le suivant.*

Arrêtez-vous donc, mon cher Baron ?.....peste ! Comme vous les faites sonner ?....

CREUSILLAR, *froidement.*

Ah !... c'est vous, baron... serviteur... vous le voyez... je compte l'argent que m'a produit mon travail de cette nuit... ce marchand Arménien que voilà... vient d'en faire l'acquisition...

LINDOR, *saluant gravement Végétal.*

Oui, Monsieur, c'est moi-même.

CREUSILLAR, *à Végétal.*

Laissez-moi achever mon calcul...

VÉGÉTAL, (*à part.*)

En vérité, tout ceci me confond !..

CREUSILLAR, *achevant de compter.*

Et... trois mille... (*à Lindor.*) le compte est juste, monsieur l'Arménien ; je vous remercie. (*Il serre son argent dans ses poches, et lui donne son lingot.*)

LINDOR, *à Creusillar.*

Que la rosée du ciel tombe sur vous !... à présent que j'ai ce lingot d'or, je ne le donnerais pas pour toutes les montagnes de la Suisse.

VÉGÉTAL, (*à part.*)

S'il en connoissait les propriétés, il ne parlerait pas ainsi... (*à Creusillar.*) Mais, dites-moi franchement, Baron, serait-il vrai que vous eussiez trouvé... la... la.. pierre philosophale.

CREUSILLAR, *vivement, en riant.*

Ah ! ah ! si je l'ai trouvée ! si je l'ai trouvée ! demandez à monsieur l'Arménien ?... (*Il rit.*)

LINDOR.

Rien n'est plus véritable : monsieur le baron de Creusillar est aujourd'hui le seul possesseur du grand-œuvre, et du secret unique de faire de l'or : vous venez d'en voir la preuve.

CREUSILLAR, *faisant sonner son argent.*

Oui ! oui ! la voilà ! la voilà... J'ai enfin en ma

puissance tout ce qu'il y a de plus précieux dans l'univers.

A I R.

La seule idole de ce monde;
Cette merveille sans seconde,
Ce rare et superbe trésor ;
Il faut en convenir, c'est l'or.

Pour lui le nautonnier avide
Affronte un élément perfide :
Sans lui l'intrépide guerrier
Végète à l'ombre du laurier.

C'est notre ami le plus fidèle ;
Lui seul satisfait nos desirs :
Il nous soumet un cœur rebelle ;
Il est la source des plaisirs.

L I N D O R, *à Creusillar.*
Permettez-moi, M. le Baron, de m'éloigner de vous un instant, pour remplir une mission très-importante auprès d'un homme célèbre qui habite ce canton... je vais prier les habitans de ce hameau de me conduire chez lui...
V É G É T A L, *vivement à Lindor.*
Un homme célèbre ?... et comment se nomme-t-il ?
L I N D O R.
Le baron de Végétal...
V É G É T A L, *avec transport.*
Ah ! M. l'Arménien ! vous ne pouviez mieux vous adresser qu'à moi, je suis la personne que vous cherchez !
L I N D O R, *avec transport.*
Quelle heureuse rencontre ! immortel Végétal, je me prosterne devant vous ! (*Il tombe à ses pieds.*)
V É G É T A L, *le relevant.*
Ah !... c'est trop d'honneur... relevez-vous, je vous prie, et dites-moi quel est le sujet qui vous amène vers moi.
L I N D O R.
Une Princesse du Mogol, qui voyage avec moi

incognito, et, à qui votre divin Elixir a sauvé trois fois la vie, m'envoie vers vous pour vous remercier, et pour rendre hommage à vos sublimes talens.

VÉGÉTAL.

Quoi ! mon Elixir serait parvenu dans l'Asie ?.

CREUSILLAR, (à part.)

Je crois qu'il veut plaisanter...

LINDOR, à Végétal.

Sans doute il y est parvenu, oui M. le Baron, j'ose vous l'assurer ! mais la Princesse du Mogol n'est pas la seule personne à qui cette liqueur céleste a rendu l'existence : Je pourrais vous citer plus de cent cures miraculeuses ; mais je me contenterai seulement de vous en rapporter une des plus remarquables dont j'ai été le témoin pendant mon séjour en Italie.

VÉGÉTAL, le pressant dans ses bras.

Oh ! merveilleux Arménien ! vous me ravissez, vous m'enchantez !.

CREUSILLAR, à Lindor.

Je suis curieux d'en entendre le récit.

LINDOR.

Eh bien ! écoutez avec attention...

AIR.

En sortant de Trébisonde
Pour faire le tour du monde
Par les ordres du Sultan :
Je me rendis à Milan ;
A Rome, à Florence, à Pise..
Je fus ensuite à Venise
Pour y passer le carnaval...
Le Doge, alors, étoit fort mal,
Il avoit la pituite
Avec un rhume infernal...
Quand il reçut ma visite
Il toussait. éternuait. *atchi ! atchi!*
(*Il tousse et éternue.*)
Il tombait en léthargie,
En syncope, en frénésie...
Chacun en désespérait...
Il allait perdre la vie...

Aussitôt on lui donna
Votre baume salutaire...
Le Doge se réveilla ;
Il remua sa paupière ;
Et chantant à sa manière,
Aussitôt, il s'écria...

Ah ! chè cosa portentosa !
Che divina quinte cenzza !
Il signore Vègètalè
M'ha guarito subito !..
Oh Dio ! che miracolo.

VÉGÉTAL.

Ah ! je suis orgueilleux d'apprendre qu'un Doge
de Venise s'est guéri avec mon élixir !... si jamais
vous le revoyez , M. l'Arménien, dites-lui que je
viens encore de donner une plus grande vertu à
à cette liqueur incomparable.

LINDOR, *à Végétal.*

Soyez certain que je n'y manquerai pas. Mais
je suis chargé , de la part de la princesse de vous
en demander une fiole ; voici une bourse de se-
quins qu'elle vous offre....

VÉGÉTAL.

Qu'elle garde son argent , M. l'Arménien , tenez,
voici une fiole dont je lui fais présent : dites à cette
princesse que je ne travaille que pour la gloire de
me rendre utile à l'humanité.

CREUSILLAR, (*à part.*)

Comme il est généreux !...

LINDOR, *en s'inclinant.*

O, divin Esculape ! puisse le saint prophête vous
combler de ses faveurs !

CREUSILLAR, *à Lindor.*

Il est possible que l'élixir du baron soit efficace
pour conserver la santé.... mais.... l'or.... M. l'Armenien.... l'or.... est bien plus utile pour les besoins
de la vie ?....

LINDOR.

Sans doute, et vous avez raison....

VÉGÉTAL.

Et moi, je prétends que la santé est ce qu'il y a
de plus précieux au monde....

CREUSILLAR.

Et moi, je soutiens que c'est la richesse!...

LINDOR.

Eh! mes chers barons, ne vous enviez point vos
brillantes possessions.... vous êtes les plus grands
génies qui aient jamais existé...

CREUSILLAR.

Quoi qu'en dise M. Végétal, l'or est le mobile de
tout; et c'est la seule chose que les hommes recher-
chent avec tant d'avidité...

VÉGÉTAL.

Quelle ridicule prévention!

CREUSILLAR.

J'en appelle au jugement de tous les siècles, et
sur-tout de celui-ci.

VÉGÉTAL.

Et moi, j'en appelle au jugement de la princesse
du Mogol....

CREUSILLAR.

J'y consens, très volontiers....

LINDOR.

Vous ferez bien : la princesse vous rendra justice :
je veux vous procurer le plaisir de la connaître! je
cours la prévenir, et vous la présenter.

*(Lindor se retire, et au même instant, Agathe
qui sort de sa maison va trouver Nicette qui l'at-
tend devant sa porte. Ils sortent tous les trois par
le fonds du théâtre.)*

SCENE XIII.

VÉGÉTAL, CREUSILLAR.

VÉGÉTAL.

Eh bien, baron, douterez vous à présent de la
vertu de mon élixir?... vous l'avez entendu... un
doge de Venise, et une princesse d'Asie l'élèvent
jusqu'aux nues.

CREUSILLAR.

Je conviens que nous avons fait l'un et l'autre
deux grandes découvertes.

VÉGÉTAL.

Personne sur la terre ne peut nous égaler.

CREUSILLAR.

J'en suis certain...

VÉGÉTAL, *avec embarras.*

Mais.... à propos... baron... puisque nous sommes seuls... j'aurais... quelque chose à vous dire en secret.. sur une petite affaire.

CREUSILLAR.

De quoi s'agit-il ?

VÉGÉTAL.

Vous savez.,. que nous avions conçu le dessein de marier ma fille Nicette, avec Lindor, votre fils...

CREUSILLAR.

Oui, je le sais...

VÉGÉTAL.

Nous devions même les unir dans cette journée...

CREUSILLAR.

Cela est vrai...

VÉGÉTAL.

Je vous avais donné ma parole...

CREUSILLAR.

Et moi aussi...

VÉGÉTAL.

Quelle serait à présent votre intention ?..

CREUSILLAR.

Mon intention ?... ma foi, comme vous voudrez...

VÉGÉTAL.

Comme vous voudrez, vous-même....

CREUSILLAR.

J'ai fait quelques réflexions...

VÉGÉTAL.

Et moi... j'en ai fait autant...

CREUSILLAR.

En ce cas, parlons de bonne foi !...

VÉGÉTAL.

Volontiers, parlez ?...

CREUSILLAR, *(à part.)*

S'il pouvait se dédire...

VÉGÉTAL.

A quoi pensez-vous ?

CREUSILLAR.

Je pense... qu'avec les immenses richesses dont je vais jouir, je pourrais marier mon fils avec une princesse;.. cependant... si vous exigez qu'il épouse Nicette... je tiendrai ma parole...

VÉGÉTAL.

Non, certes, je ne l'exige point, et j'ai comme vous l'intention de m'allier avec les premières puissances du monde.

CREUSILLAR.

Il est sûr qu'à présent mon fils peut prétendre à tout.

VÉGÉTAL.

Et ma fille aussi.

CREUSILLAR.

Mais, malgré cela... j'ai toujours l'esprit inquiet... ma femme a résolu dans sa tête de marier nos enfans en dépit de mon autorité.... vous savez combien elle est vive et emportée... je crains qu'il ne nous soit pas possible de lui faire entendre raison sur cet article...

VÉGÉTAL.

Eh! mon cher baron, rien n'est plus aisé.

CREUSILLAR.

Je ne le crois pas.

VÉGÉTAL.

Soyez tranquille : je sais par quel moyen on peut mettre une femme à la raison.

DUETTO.

Mon ami, laissez-moi faire :
Je sais de quelle manière
Nous pourrons y parvenir.

CREUSILLAR.

L'entreprise est difficile :
Ma femme n'est point docile
Rien ne pourra la fléchir.

VÉGÉTAL

Je lui ferai la promesse,
Pour flatter sa vanité,
De lui rendre sa jeunesse
Et sa première beauté.

CREUSILLAR.

Vous aurez bien de la peine;
Votre attente sera vaine :

Elle met sa vanité
A faire sa volonté.

VÉGÉTAL.

Eh bien ! pour qu'elle nous cède
Savez-vous ce que je ferai...
Alors , je la menacerai
De la rendre vieille , et laide...

CREUSILLAR.

Voilà le bon expédient ,

VÉGÉTAL.

Elle nous demandera grace..

CREUSILLAR.

Moi , je lui ferai la menace
De la laisser sans argent..

Ensemble.

Vieille et laide , et sans argent ,
Le projet est admirable :
Oh ! le bon expédient
Pour la rendre plus affable !..
Nous la tenons à présent...
Que tout cède à notre art puissant !

SCENE XIV.

LINDOR, CREUSILLAR, VÉGÉTAL.

LINDOR, *accourant.*

JE viens vous annoncer une grande nouvelle ! apprenez, illustres barons, que la princesse , pour récompense de vos grandes découvertes, veut donner à vos enfans une partie des états du Mogol , dont elle est souveraine... elle va se rendre ici elle-même pour vous le confirmer...

CREUSILLAR.

C'est nous faire beaucoup d'honneur...

VÉGÉTAL.

Je suis sensible à sa générosité... mais... ma fille ne pourra accepter ses bienfaits que lorsqu'elle sera mariée avec un souverain... ce qui ne tardera pas.

CREUSILLAR.

C'est aussi mon intention à l'égard de mon fils : nous avons résolu de nous allier aux premières puissances du monde...

L I N D O R, *vivement.*

Ah! juste ciel!.... quelle bizarre fantaisie, et qui a pu vous inspirer une si ridicule et si extravagante résolution ? Quoi! des hommes célèbres, tels que vous, feraient la sottise de s'allier aux premières puissances du monde ?.... En vérité, mes chers Barons, permettez moi de vous observer que vous n'y pensez pas ?.... faites-y bien réflexion ; et songez que quelque choix que vous puissiez faire, il n'en est aucun qui ne soit au dessous de vous... Quels sont les êtres sur la terre que l'on puisse vous comparer ?....Non : il n'en existe point! (*A Végétal.*) Vous êtes possesseur de l'élixir universel......(*A Creusillar.*) Vous avez trouvé la pierre philosophale. Eh bien? n'êtes-vous pas, ainsi que vos enfans au dessus de tous les mortels?

L I N D O R, *aux Alchimistes.*

Oui, votre fils, et votre fille sont aujourd'hui les seuls sur la terre qui soient dignes d'être unis.

V E G E T A L.

Cela me paraît juste.....

C R E U S I L L A R.

Je suis d'avis qu'il faut les marier.

V E G E T A L.

J'y consens de tout mon cœur.

L I N D O R.

Et si vous m'en croyez le plutôt sera le mieux.

V E G E T A L.

C'est bien imaginé.

C R E U S I L L A R.

Terminons tout de suite.....

V É G E T A L.

Oui, sans plus de retard.

L I N D O R.

Vous leur ménagerez ainsi la plus agréable surprise.

C R E U S I L L A R.

Voici fort à propos ma femme, avec le notaire qui apporte le contrat...... il ne s'agit plus que de le signer.

SCENE XV.

AGATHE, CREUSILLAR, VEGÉTAL, LINDOR, *un Notaire.*

CREUSILLAR, *allant au-devant d'Agathe.*

FINALE.

MA femme, plus de colère :
Calmez-vous, faisons la paix...
Que rien ne vous inquiète :
Mon cher Lindor et Nicette
Vont être unis pour jamais.

VÉGÉTAL.

Leur hymen nous intéresse :

AGATHE.

Vous tenez votre promesse,
Mes desirs sont satisfaits.

VEGETAL, *à Agathe.*
Ce bon marchand d'Arménie
Vient de nous mettre d'accord.

AGATHE, *saluant Lindor.*
Monsieur, je vous remercie
Pour Nicetteet pour Lindor.

CREUSILLAR et VEGETAL, *ensemble.*
Une Princesse d'Asie
Leur promet un heureux sort.

AGATHE et LINDOR, *ensemble et à part.*
C'est en flattant leur manie
Qu'on met les hommes d'accord.

CREUSILLAR, *à Agathe.*
Nos enfans sont absens : nous voulons les surprendre :
Ma chère Agathe, il faut sans plus attendre
Signer tous leur contrat...

VEGETAL.
Hâtons-nous !.

AGATHE.

J'y consens.

LINDOR, *à Agathe.*
Madame, le temps nous presse !..

AGATHE.
Eh bien, signons tous ici.

VEGETAL et CRÉUSILLAR, *à Lindor.* (*Ils signent.*
Signons, signons, et vous aussi.
(*On entend de loin une symphonie.*)

C R E U S I L L A R.
Mais... quels accords harmonieux !

A G A T H E, *faisant l'étonnée.*
Ah ! quels accords harmonieux !

L I N D O R.
C'est la Princesse, elle-même,
Qui va paraître dans ces lieux !

V E G E T A L *et* **C R E U S I L L A R**, *ensemble.*
Ah ! quelle faveur suprême !
Pour nous quel sort glorieux !

S C E N E X V I *et dernière.*

NICETTE, AGATHE, LINDOR, CREUSILLAR.

VEGETAL, *un Notaire, troupe de paysans et de paysanes.*

Nicette en costume asiatique, et voilée, arrive au son d'une marche et au bruit des cymbales. Elle est portée sur un palanquin et précédée d'une troupe de paysans. Lindor lui donne la main pour descendre du palanquin, et ensuite la fait placer sur un siége auprès de l'avant-scène.)

L I N D O R, *présentant à Nicette le contrat que tient le notaire.*
Princesse, à cet hymen daignerez vous souscrire?..

N I C E T T E.
Oui ! je protège ces amans.
Si Lindor de son père a les secrets puissans,
Des états du Mogol il obtiendra l'Empire.

A G A T H E, *s'inclinant devant Nicette.*
La princesse sait bien honorer les talens !

C R E U S I L L A R, *avec transport, en parcourant le Théâtre.*
O Ciel ! quelle fortune !... à peine je respire!...
Lindor !.... mon cher fils ! viens ici ! (*il l'appelle à la porte de sa maison.*)

V E G E T A L, *avec transport, appelant Nicette devant sa maison.*
Viens ? accours ma chère Nicette ?...

C R E U S I L A R *et* **V E G E T A L** *étonnés, ensemble.*
Quel sujet les arrête ?...
Que veut dire ceci ?...
(*aux paysans.*) Allez, courez, qu'on les amène.

A G A T H E , *retenant les paysans et ôtant le voile qui couvre Nicette.*

Non, mes amis restez ?... Nicette n'est pas loin.

L I N D O R , *à Creusillar en ôtant son déguisement.*

De votre fils ne soyez plus en peine...
De son bonheur soyez témoin ?...

V E G E T A L.

ô Ciel ! ma fille ! ah ! quelle perfidie !

C R E U S I L L A R.

O Ciel ! mon fils ! ah ! quelle perfidie !

A G A T H B , *à Creusillar et à Végétal.*

C'étoit la princesse d'Asie.
Elle épouse Lindor ne vous en fâchez point ?

V E G E T A L *et* C R E U S I L L A R,
ensemble.

Ah ! quelle méprise extrême !
Nous sommes joués tous les deux.

N I C B T T E *et* L I N D O R , *ensemble aux pieds de leurs pères.*

Pardonnez un stratagême
Qui me rend l'objet de mes vœux !...

A G A T H E , *aux deux autres.*

Ils méritent votre tendresse...
Ah ! daignez combler leurs vœux !

C R E U S I L L A R , *ému.*

Je me sens attendri...

V É G É T A L.

Oui , ma colère cesse ,

C R E U S I L L A R *et* V E G E T A L.
ensemble.

Mon cœur doit céder a leurs vœux.
Venez embrasser votre père,
Soyez unis ; soyez heureux ;
Et que toute la terre
Apprenne un jour , par vous nos secrets merveilleux
Chœur général.

Que le plaisir , et l'alégresse
Règnent dans nos cœurs satisfaits !
Soyons unis par la tendresse ,
Et ne nous séparons jamais !

Fin de l'Opéra Bouffon.

www.ingramcontent.com/pod-product-compliance
Lightning Source LLC
LaVergne TN
LVHW010449060726
842527LV00005B/1777